강물이고 싶다

# 강물이고 싶다

이필정 시집

대양미디어

# 시인은

순수한 눈 이슬
가득히 고인 가슴으로
엮어가는
시인의 노래는

밤하늘 별과 달
맑고 고운 사랑의
향기 풍기는 빛으로 내려
벤치에 앉아 쉬어가고

시인의 눈물은
푸른 하늘을 날아오르는
하얀 꽃송이로 피어나
자유자재하며
무지갯빛 꽃길에서
오색빛 날개를 펴고

함박눈 꽃송이 송이에
알알이 맺힌 그리움은

영겁의 하늘 계단을 맴도는
소리 없는 메아리로

시인은
빛 파도를 타고
우주여행을 떠난다.

　행복한 여행길에서 자연의 아름다움을 시혼詩魂으로 쏟
아내어 여섯 번째 시집을 엮어 이 세상에 내어 놓습니다.
　나를 사랑하는 모든 시인과 언제나 힘을 실어주는 아내
와 아들, 딸 그리고 친구들에게 뜨겁게 감사하며 이 시집으
로 한 계단 높이 비상하려는 삶의 여정을 격려해 주시기 바
랍니다.
　세상 모든 사람들이 시인의 마음처럼 순수한 감성으로
사랑의 싹을 틔워 행복하고 즐거운 삶이 되었으면 합니다.
　또 한권 나의 시집을 탄생시킨 대양미디어 서영애 대표
에게도 감사의 말씀을 드리며, 아직도 미숙하기 이를 데 없
는 여섯 번째 시집 『강물이 되고 싶다』의 시를 읽는 독자들
에게 어떻게 제 마음을 전해드려야 할지……
　여러분 사랑합니다. 고맙습니다.

2013년 초가을에
義王 寓居에서
저자 識

| 차 례 |

# 1

## 님 가신
## 빈자리에

# 2

## 강물이고
## 싶다

# 3

## 첫눈
내리던 날

# 4

시랑산
박달재

# 1

# 님 가신 빈자리에

# 친구

항상 곁에 있으면서도
손에 닿을 거리에 있으면서도
세월을 동여매고 있다

살아 끈끈한 정 하나 엮어
천지가 화합하는 교향악 속에
마주하던 모습

지난밤 이루지 못한
뚫린 가슴으로 멈춰선
그 자리에 다시 되돌아와
문 앞에 선 너

무엇이 그리도 힘겨운지
가슴을 움켜쥔 채
텅 빈 들판을 달리고 있다.

가슴을 움켜쥔 채
텅 빈 들판을 달리고 있다.

# 인생 향기

인생 향기를 맺는
열매의 씨앗을 뿌리고
가꾸는 기쁨이야말로
우리가 살아가는 진정한
행복의 근원일지라

살아가면서
아름다움을 발견하고
지고지선至高至善 희열을 느끼는
순수와 열정이 엮어내는
인생 향기

가까운 사람과 따뜻한
차茶 한 잔 마주 놓고
무연한 정담을 나눌 때
서로를 오가는 다향茶香의
향기가 물씬 묻어나
삶의 의미를 깊게 한다.

# 작은 행복

풀잎에 맺힌 이슬이
햇살을 받아 반짝이면
내 작은 가슴에도
더욱 진한 영롱함이 똬리를 튼다.

새 하얀 햇빛
휘몰아 친
널따란 황금물결
알알이 영근 둑방길 따라
코스모스 하늘하늘 수를 놓고

소리 없는
긴긴 속삭임에
산들바람 시샘하여
연분홍 연보라 하얀 꽃잎 서로 껴안고
작은 행복에 빠져든다.

# 영원한 사랑

천상에서 맺어진
수많은 이야기들
꿈속에서 그리다가
살며시 써놓고서

가슴에
서로를 품은
그 마음이 이어져
한 쌍의 꽃으로 피어

한 줄금 가는 물로
허기를 나누어도
성근가지 사이로
쏟아지는 빛을 부여잡고

천년이
흐른 뒤에도
뗄 수 없는 우리사랑
영원하리.

# 금강혼식

밀양 산외면 다죽리
처가 지붕 위
나비처럼 뜬 구름은
신명나게 허리춤 추고

더덕향기 쏠쏠한 마당에
천막무대 차려
장인, 장모님 칠십 주년
결혼기념 축하행사

가족, 친지 한자리에 모여
축배를 올리니
새들도 흥겨워 노래하고
나무들도 일제히 고개 들어 환호한다.

장인, 장모님 금강혼식
정성어린 마음으로 축하드리며
팔십 주년, 백 주년
만수무강하시옵기를 빕니다.

# 맑은 마음

황하의 큰 물결
달빛을 담지 못하지만

풀잎에 맑은 이슬
햇빛을 담고 있네

영롱한 작은 물방울에
펼쳐지는 고운세상
예쁘고 아름다워라

해박한 지식과
재물, 명예 많다한들
마음이 어두우면
혼탁한 삶이려니

마음이 맑은 사람이 되어야
하늘의 축복 받으리
이, 작은 이슬처럼……

# 은행나무 사랑

은행잎 몽글몽글
초록빛으로 피어나
매연에 찌들어도
숨소리가 들립니다.

멀리서
바라만 보아도
온몸이 젖어오는 체온에
꽃을 피웁니다.

이렇게
한자리에서
마주 바라만 보고 있어도
행복합니다.

영원히 마주할 수 있는 거리에서
바라만 보아도
이렇게 눈물 나게
행복합니다.

# 다섯 남매의 기도

섣달 보름달도
먹구름에 숨은 이 밤
당신의 혈압은
낙숫물이 되어 떨어지고 있습니다

오랜 세월 긴 시간을
침묵으로 서 있었을
당신의 그 고된 성상 앞에
눈물이 떨어지고 있습니다

우리의 눈물은
당신의 절규인 듯
마비된 심장위로
몸부림쳐 흐르고 있습니다

당신의 몸속에서
열 달 동안 배 아파 태어난
우리 다섯 남매
당신 앞에 두 손 모은
그 여린 삶속에

물방울 퍼지듯 번져가는
염원의 숨결을 느끼고 계신가요

우리 다섯 남매
할 수 있는 것이 없어
인공호흡기에 가슴 드러낸
당신의 백발 머리맡에서
새 생명으로 다시 태어나시길
간절히 기도할 뿐입니다.

# 어머니의 운명

병원 중환자실
새벽 붉은 해가 창을 두드릴 때
슬픔의 이별 찾아들어

가슴 저 밑바닥을
피로 물들인 한마디
"운명 하셨어!"

차마
말이 아닌 눈물로
얼굴을 적시고

돌이켜 선 발길에
떨어지는 물방울은
눈물인가, 핏물인가

당신을 의지하며
세상을 가꾸던
우리 다섯 남매

통곡의 눈물을 흘릴 뿐
당신의 가시는 길
어찌 막을 수가 있겠습니까.

# 님 가신 빈자리에

금정굴
진달래꽃 붉게 물든 자리

님 그리는 저 달은 밤이슬
눈물로 쏟아내고

바람 잦아들어
앞들 가득 새싹 돋아나면

진달래, 개나리
다문 입술 활짝 열어도

그리운 내 님은 말이 없고

님 떠난 금정굴엔
차가운 봄비만 하염없이 내린다.

# 당신을 향한 사랑

당신을 향한 애틋한 사랑으로
소중한 삶의 텃밭에
새 생명이 솟아나도록
사랑의 씨를 뿌리고

당신의 소박한
삶의 가장자리에
두발을 가지런히 담그고
두 손 모아
사랑의 꽃밭에 만발할
꽃잎을 세며 백합향기가 되어

그리움 넘쳐
고이고이
가슴앓이 삭히고 삭혀
당신을 사랑하다가
세월을 가슴에 품고
병이 되었다고 말하렵니다.

# 이별

당신이 나를 잊을 수 있다고
나도 당신을 잊어야 합니까

당신이 내 곁을 떠난다고
나도 당신의 곁을 떠나야 합니까

당신과 나누지 못한 이야기
내 가슴에 남아 상처를 후비는데
정녕 내게 잊으라고 말할 수 있습니까

창밖에는 노을 지고
땅거미가 밀려옵니다

한 잔 두 잔
당신을 그리며 마신 술이

어느덧
커다란 눈물의 강물이 되어
가슴으로 밀려옵니다

저 어둠속에
사랑을 묻고, 슬픔을 묻으며
나도 같이 밤이 되어 묻혀가고 싶습니다

어둠은
서러운 눈물을 감춰주고
아픈 가슴을 감싸줍니다

이 못난 아들
휘청이는 발걸음으로
당신의 곁을 떠납니다.

# 행복은 온다

파란 하늘에
연기 오르면
더 좋았을까

허구한 날들이 줄 이은
눈뜨는 아침인데
바람을 태우고 날던 시간들이
이제 막 돌아와
옷을 벗는다

빛이 있어
분말이 되도록 살아도
모서리가 없이 살아도
준비하는 노래는 되돌아오고

꽃가루 묻히어
오래전 만난 사람도
오늘 만난 사람처럼
반가워하는 계절
어느 깊숙한 곳에서

은혜로운 합창의 소리
함성이 울리는 날
나는 무진장 행복하겠지.

# 탄생

6월에 탄생한
황금 별빛이여
고결한 순백의
자애로운 성심이여

하늘은 너를 위해
평화를 주었고
땅은 네게서
사랑을 꽃 피웠다

행운은 선물로
덕망은 운명으로
새날은 그렇게
너를 위해 밝아오고

홍조 띤 네 두 볼에서
진한 사랑이 피어나고
행복이 찾아와
온 세상이 밝게 빛났다.

# 당신만을 위하여

바람에 흔들리는
풀잎 교향곡 소리에 취해
당신을 바라보고 있노라면
너무나 아름다워 눈이 부십니다

세상의 모든 꽃이 아름답다한들
세상의 모든 새의 목소리가 맑다한들
세상의 모든 빛이 밝다한들
어디 당신만 하오리까

영원히
당신만을 사랑하고
당신만을 바라보며
당신만을 위하여 살겠습니다.

# 사람들은

파란 하늘에서 쏟아 내린 별들이
은빛 가루로 부서져 반짝이고
물위를 걷는 하얀 그림자
에덴동산이 호수에 잠긴다

물 위를 떠도는 오리부부
물 파장 일으키며
누구에게도 부끄럽지 않은
사랑을 교감하는데

잿빛 하늘 밑에서
서걱거리는 삶을
짊어진 사람들
씻기지 않는 죄와 함께 있음을 본다

길옆에 고개 숙인 풀잎에도
나뭇가지 흔들고 지나가는 바람결에도
발끝에 차이는 돌멩이에도
사랑은 온 세상 가득한데

사람들은 전신이 흠칫 뿐
참된 사랑 잊고 살아간다.

# 사모곡

겨울잠 자는 나목 사이로
그리움만 남긴 채 떠나가셨습니다
슬하에 다섯 남매 두시고
새벽공기 가르며 장터에
쪼그리고 앉아 야채 팔고
낮에는 들판에 엎드려 구슬 땀 일구시고
밤이면 마당에 모닥불 피워
별들의 이야기 지피셨습니다
몇 알의 곡식 거두어도
당신은 물 한 바가지로 굶주림 배불리시고
다섯 남매 바라보며 행복 머금었습니다
푸른 하늘 푸른 숲속에서 한평생 보내시다가
불도저 개발에 터전 잃고
도회지로 밀려들어 안착했건만
흙을 일구는 재주밖에 없어 손을 놓고
해맑은 가슴속 텅 비워둔 채
작은 몸짓으로 고통을 뛰어 넘으셨고
밤낮 없는 기도는 우리의 심장을 관통했건만
추억만을 되씹는 어리석음은
당신의 빛을 펼치지도 못한 채

황량한 벌판에서 맴돌고 있습니다
시리도록 저며 오는 그리움도
세진에 부딪혀 흩날리면서
우리도 당신의 마지막이 되어
그리움마저 잊어가고 있습니다.

# 아름다운 세상

행복 향기로 가득한
아름다운 세상은
자연 빛에 반해 더욱 향그럽다

노을빛 하늘에 드리운
꽃구름 바람이 밀치고
푸른 하늘높이
바람의 날갯짓으로
세월무늬 장식하여라

달빛과
햇살이 빗겨 내린
세월의 풍경화는
바람의 그림자 덮고
행복 꽃을 피운다

억 겹의 꿈길에
라일락 향기 풍기는
길 위에서의 삶은
인간의 지성소至聖所 아니런가.

# 결실의 기쁨

매미소리 잦아들면
허공을 향한
새소리
바람 소리에

풀 섶 위에 앉은
이슬방울
고운햇살 받아
무지개 수를 놓고

가을볕에
익어가는
꿈속에서
결실의 기쁨을
만끽한다.

# 2

# 강물이고 싶다

# 은행나무 낙엽길

하늘빛이 예쁜 날
행복한 세상으로
잠시 떠나 보자

저녁노을이 붉게
뉘엿뉘엿 길을 재촉하는
은행나무 낙엽길

젊은 남녀 서너 넷이
얼굴에 함박 웃음 지며
사연들을
쏟아내며 낙엽길 넘나든다

발길 닿는 곳마다
끝없이 끝없이 펼쳐지는
노란 이야기 융단을 깔아놓고
사랑 노래 부르는
낙엽길이 아름답다.

# 봄의 정취

겨우내 숨죽여
기다리던
다문 입술 언저리에
물이 오르면

온산을 뒤덮은 진달래와 함께
벌써 계절은
봄의 중턱을 넘어서고

뒤질세라 피어나는
노란 개나리
연분홍 벚꽃
세상은 온통 꽃 천지다

도시의 매연을 빠져나와
한적한 공원에서
봄의 정취에 취해
안개 심호흡을 한다.

# 봄꽃

기다리지 않아도
시샘 바람 불어오면

너는
무작정 찾아와
다문 입술 배시시 터트리고

화사한 꽃잎
짙은 향기 발산하면
벌, 나비 모여들고

뜨거운 추억
빛바랜
사진 한 장으로
가슴에 남게 하는 봄꽃

오늘 또
내 뜨락을 어지럽게 꽃피우는구나
봄 꽃
내 첫사랑 마냥.

# 초록은 생명 빛깔

태어날 때부터
엉덩이에 초록 멍 들이고
울음 터트리는
생명 빛깔 초록

산 초록, 물 초록
세상의 빛깔은 초록이다
초록빛깔에 시원해지고
웃음이 핀다
식물의 새 생명도
초록의 빛깔로 피어나
초록 손으로 키운다

봉우리 맺는 초록빛깔
숲속을 지키는
빛이 되고 구름이 되고 비가 되어
물 흐름이 된다

초록이 아니면 세상은
온통 암흑이 되고

숨결이 없어진다

초록빛깔을 만들어가는
지구촌의 노력이
절실하다.

# 흔들리는 갈대

배 깔고 엎드려 손 마주잡은
산등성과 골짜기 병풍으로 펼쳐
잔잔한 미소로 소곤대는 산기슭

산위로 치켜 오르는 바람에
나뭇잎 속살 드러내고
숨겨둔 세상이야기 허공에 띄워도

삭정이 정성껏 얽은 까치집 하나
상량식을 잘 했는지
거센 바람에도 끄떡없다

구름만 헤아려
인간사도 헤아리려
슬픈 일은 접어두고 기쁜 일만 낌새 주려는데
인간의 마음은 갈대처럼 흔들린다.

# 화사한 봄날

매화꽃 향기
코끝에 다가서는
아름다운 봄날

슬픈 일 하나쯤
생긴다 하여도
서럽지 않겠다

세상천지에서
가장 향기로운 사람
고운 숨결

가슴속
그리움도 보이는
화사한 봄날

죽어도
아마
살아있는 느낌일 게다.

# 우담 꽃

치맛자락 펼쳐놓은
청계사 풍경소리에
산새들도 쉬어가고

해日 달月 품은 풀잠자리
부처님 그늘아래
우담 꽃 피었다

대한민국 국민과
의왕시민의 안위를 살피는
천년고찰 청계사

우담 꽃 계속 피어
중생들을 인도하는
수양도량으로 영원하길……

# 꽃수레

오월은
꽃수레 행렬로
눈이 부시다

하얀 수레
노란 수레
빨간 수레
금은보화가 가득하다

아름채
채마밭에는
노란 유채꽃이
한가득 실렸다

꽃수레 가는 곳마다
발길을 멈추고
추억 만들기가 한창이다.

# 자연의 숨결

푸르게 반짝이던 잎새들
어느새 노랗게 빨갛게 빛깔을 머금고
하나 둘 나무를 떠나고
시간은 이렇게 끊임없이 흘러가지만
자연은 언제나 그 자리에서
나를 바라보고 있다

자연이라는 영원한 숨결에
귀 기울여 그 신선한 울림은
눈에 보이는 자연과 현상이 아닌
가슴으로 만져지고 느껴지는
자연의 아름다운 숨결
오늘도 하얀 백지 위에
가슴으로 쏟아낸다.

# 우주의 숨결소리

예전이나 지금이나
한결같은 햇살과 바람
새소리와 물소리
파란하늘의 꽃구름은
해맑은 동심의 꿈을 가꾸는
빛의 숨결이어라

구름이 하늘을 건너오고
산마루에 낮달 뜨는 산책로에서
푸른 허공에 매달린
나뭇잎의 고요한 춤과
노래의 향연들은
연둣빛 새순 트는
우주의 숨결소리어라.

# 란蘭

베란다에 올망졸망
란 몇 포기 키우다보니

제각기 뿌리 내리고
앙증맞게 한잎 두잎 이파리 피워

창가 햇살 고운 오후
꽃대를 올리기 시작하더니

몇 날 지나 자색 꽃봉오리
수줍게 몸통을 키워

어느 날 빨갛게 달아올라
환한 나비 꽃잎 펼쳐

꼼짝도 않고 피어 있더니만
필 때처럼 소리 없이
혼자 지고 맙니다

아마 꽃필 때 이미 지는 날 알았던 양

고이 지고 마는 꽃을 보면서

속절없는 한생을 보는 것 같아서
그만 서럽기도 하지만

질 때 질줄 아는 아름다운
삶의 진리를 배웁니다.

# 봄을 기다리며

창밖은 아직도
싸늘한 겨울이 서성이고 있지만
매화나무 가지의 꽃눈은
봄맞이 단장이 한창이다

때로 영하의 기온에
꿈은 혼란스러워도
연분홍색 몸단장 하고
따스한 햇볕을 쪼인다

경제 한파도
이 땅을 뿌리째 흔들고
세월을 붙잡아 뒷걸음 시키고
시대를 재단하는 소수는
꽃샘추위라고 치부하지만

나뭇가지에 맺힌 꽃눈은
놀란 가슴으로 영상의 기온을 기다릴 뿐
아무런 말이 없다

숙명처럼 순종만을 익혀온 우리는
오늘도 조용히 봄을 꿈꾼다.

# 우주의 질서

나비 한 마리 꽃잎 위에
사뿐히 내려앉는다

바람이 일자
꽃잎이 파르르 떨린다

나비는 꽃잎에 얼굴을 묻고
꽃향기에 취해도
지구의 흔들림을 안다

혼란스러운 군중
술렁대는 포도鋪道
지구가 흔들려도

자연의 순리 앞에
혼돈의 질서
우주의 질서는 지켜진다.

# 입춘立春

누렇게 빛바랜 입춘대길立春大吉
새롭게 단장을 해도
뿌리 깊숙이 잠든 수액은
깨어날 기미조차 없고
가지 부여잡고 떨고 있는
꽃망울만 안쓰럽다
꽁꽁 얼어붙은 대지大地는
입춘立春의 귀띔에도
영하의 칼바람으로 대꾸하고

박제된 겨울 속에
힘찬 경운기 엔진소리와 함께
농사일 시작하는 농부의
입가에 허옇게 성애가 달리고
가슴엔 입춘立春을 품었다

칼바람에 언 몸을 풀면서
봄을 눈짓할 때
얼어붙은 대지는 녹을 줄 모르고
농부의 가슴속 입춘立春을 시샘한다.

# 강물이고 싶다

강물이고 싶다
삭막한 시대의 가슴을
적시며
흐르는 강물이고 싶다

타들어가는 가뭄에
살려 달라 소리 소리치는
저 초목들의
뜨거운 피가 되고 싶다

흐르며 흘러가는 강물이 되어
세파에 멍든 아픔 거두는
푸른 초원 희망이고 싶다
유정한 강물이고 싶다.

# 산국화 향기에 취하여

노을빛이 물속으로 잠기는
섬 마을에 밤이 찾아오면
물새들은 잠이 들고
별들이 쏟아지는
섬마을 뒷동산엔
황금빛 산국화 피어
한바탕 꽃놀이 잔치를
펼치는 시간 여행길에서

천상의 별을 따는 듯
가을 하늘아래
맑은 옹달샘처럼
행복 찾는 여행길
산국화 향기에 취해
아름다운 인생길
청정심淸淨心을 되찾는다.

# 사계四季의 아름다운 꿈

사계四季의
숲길을 걷노라면
빛으로 다가오는
고요한 숨결소리

그 마음의 소리에
귀를 열면
그대 안에 내 마음
깊이 들어가

계절마다
그대를 향한
영원한 행복
내 곁을 떠날 줄 모르고

사계절四季節 내내
아름다운 꿈
희망의 메시지
행복 나래를 펼친다.

# 3

# 첫눈 내리던 날

# 민들레 홀씨

이 세상이 아름다우나
발 디딜 곳이 없다

떠돌다 콘크리트 틈 사이
간신히 뿌리내려

누덕누덕 먼지 뒤집어쓰고
쪼그려 앉아 있다

굴레에 갇혀버린
어둑어둑 긴긴 행로

숨이 차 넘실대던
불안감 잠이 들면

담장을 뛰어오른 달을 보며
보조개를 짓는다.

# 세월의 흔적

세월이 가람물 되어
애기가 되어버린
어머니 손을 잡고
주춤주춤 걷다 보면
나도 늙은이가 되어 있다

잘되거라, 바르거라
애지중지 키워온 세월에
어느덧 내 나이 오십 중반이 되어
어머니를 안아보지만
되돌릴 수 없는 서글픔에
마음이 저려온다

백발의 뭉게구름 사이로
가을햇살이 쏟아져
곱게 물들기 시작한 산천도
어머니의 세월만큼 늙어만 간다.

# 두메산골

나뭇잎이 깔깔대며
뛰어가면

바람이 뒤를 따라
달려가는

산과 산이 마주앉은
후미진 두메산골

팔 베고 돌아누운
이끼 덮인 바위틈에

오두막 두서너 채
쪼그리고 앉았네

울도 담도 없는 집에
사람은 어디가고

할 일 없는 산새들만
조잘대며 날아든다.

# 천년의 만남

만남과 인연은
스쳐가는 바람이다.

사랑을 뜨겁게 주고, 받고
나눴다 할지라도
망각 속에 허망뿐이다

미련도 아쉬워하지 않는다
거리로 흘러 버리는 것
밖으로 넘쳐나는
순간의 착각일 뿐

천지 신령께서 천상의 인연을 맺어준
천년에 한 번 찾아오는
동반자의 만남
사랑과 행복을 꽃피우다
어느 날 훌쩍 떠나버려

이 세상 사람이 아니더라도
천년의 약속을

죽어서라도 지킬 수만 있다면
진정한 동반자가 아닐까

당신과 운명을 같이하는
천년의 동반자로
생명을 다할 때까지
죽도록 사랑하자.

# 잠에서 깨어

수리산 자락 깊은 산사
아름드리 뽕나무
오디를 가득 매달고 있다

새벽이면
푸드덕 날개 짓하며
수십 마리의
산새들이 날아든다

부리로
콕콕 쪼아대는
동화속의 깊은 잠

은빛 서린 정화수와
깊은 산 계곡의
물안개를 깨우고

온 누리에
새 생명의 씨앗을 파종한다
황금빛
햇살도 함께 뿌린다.

# 소매물도

파도를 둘러치고 섬 하나 살고 있다
물 담을 쌓았다 허물었다
하루에도 수십 번 울고 웃는다

앙가슴 쥐어짜는 손
허공만 쥐고 흔든다
은빛물결 일렁이면 가슴 가다듬고

바람이 머물다 간 그물로 집지었다
빗장 풀린 사립문에 쌓여가는 세월
갈매기만 넘나든다

아름다운 섬 자연의 섭리에 취해
희미한 눈빛으로 지난 기억 더듬다가
행복한 추억 몽돌이 되었다

한여름 뜨거운 태양 바다로 침몰하면
해삼, 멍게, 소라 안주에 취하고
소매물도 떠나는 순간에도 등대는 자리 지키고
뱃고동 소리만 바다를 깨운다.

# 대관령 삼양목장

하얀 바람이
내 마음을 흔들던 날
대관령 삼양목장 정상에서
바람이 되어 떠돌고 있다

광활한 설원에 빠져
넋을 잃고 파란하늘 만져본다

해맑은 설원의 광채가
현기증이 나도록 아름답다

눈 위에 누워 파란하늘을 덮고
내 마음을 다스린다

바람에 유유히 돌아가는
풍력발전기처럼
가슴속 에너지가 충전된다.

# 주말농장

이랑을 타고 넘는 바람에
완두콩 통통하게 살 오르고

아침 이슬 머금은
상추, 쑥갓 잘도 자란다

살아 숨 쉬는 흙냄새
나누어먹는 기쁨
정성으로 가꾼다.

# 첫눈 내리던 날

대지에
꽃노을이
서성이던
가을은

곱던 단풍을
낙엽으로
승화시켜

내 꿈을
펼치기도 전에
바람에 흩어지고

낙엽이 질
무렵에서야
네 모습을 그리며

깊이 잠든
가을을 깨우려
단풍나무로 선

나의 기원 위로

첫눈이
자장가의 음률처럼
하염없이 쌓인다

하염없이 쌓인다.

# 소나기 내리는 거리

맑은 하늘에
검은 구름 몰려와
어둠의 무게를 털어
한바탕 쏴아—
먼지 낀 거리를 쓸고 간다

새들한 가로수 잎사귀들
단비에 깃을 세우고
행인들 처마 밑 숨어든다

우르르 쾅쾅 천둥번개
빗줄기는 총총이는 도시를 가르고
도로 위 희끄무레한 포말이
도시의 고통을 안고 몸부림친다

자동차의 세찬 경적
순식간에 도시를 덮어버린 빗소리
뿌리 감춘 빌딩숲 시커먼 매연
불협화음 속에서 살아나는 도시

햇빛은 도시를 윤기 나게 닦아내고
동쪽하늘 무지개 곱게 뜨면
도시는 금세 젊은 활기를 되찾는다.

# 향수 鄕愁

오봉산 끝자락 터전 잡아
상량 올려 집짓고
작은 두레박으로 생명수 퍼 올리니
우물에 하얀 낮달이 출렁이고
내 얼굴은 일그러진다

다시 고요를 찾을 때
아버지 따라 논밭 갈던 누런 소
푸른 풀밭 오수를 즐기고
새참 드시던 아버지 얼굴엔
환한 미소가 주름살 덮는다

바람이 이는 솔밭에
긴장한 허리띠 풀어 낮잠 들면
낭떠러지 떨어지는 꿈
키 한 마디쯤 자라고
할미새 사뿐히 밟고 간 자리
다소곳이 고개 숙여 할미꽃 피었다

초록빛 물든 저수지에

물오리 떼 지어 내려앉으면
고즈넉 드리운 피라미 낚시터에
물 파장 일고 잠자리 풀잎에 앉으면
한가로이 뒷동산 넘는 태양
어둠이 내리며 서른 꿈을 뒤척인다.

# 농부의 하루

빗줄기 쏟아내던 하늘이
서녘에서 오렌지 빛으로 녹아내리고
논 물고 막고 돌아서는 농부의 어깨에
삽자루 출렁인다
흐르는 땀방울 거두며
어둠을 몰고 들어서는 하루

동녘에 넘실대는 푸른 희망을 펼쳐놓고
밤새 아픈 허리 뒤척이다가
동이 트면
눅눅한 습기를 말리며 떠오르는 맑은 햇살에
눈부신 하루는

농부를 밭이랑으로 불러 세운다.

# 귀농歸農

후덥지근한 바람이 출렁이는 새벽
어둠을 몰아내는 농부의 발자국소리
초롱이 맺힌 이슬에
여름 햇살이 뜨겁다

가슴을 쓸어내리는 아침호흡
귀농한 농부의 눈망울에
결심의 햇살을 드리우고

한여름 폭염이
미루나무 줄기를 타고 흘러내리며
수없이 몸을 뒤집는 이파리들
지친 일상 쉬어가게 한다.

# 하늘 담은 호수

하늘은 세상을 품고
호수는 하늘을 담았다

호수에 하늘이 잠기고
흰 구름이 스쳐지나간다

바람이 살짝 눈을 흘기면
호수는 잠시 시름에 잠겨도
무심히 장난 짓는 어린 고기떼들의
여유로움으로 평화를 되찾는데

오리 떼 휘저어 지나가면
푸른 꿈 깨울라
근심하는 늙은 미루나무
호수에 발 담그고
온종일 지키고 서 있다.

# 느티나무

마을 한가운데
오백여년 살았다는 정자 한그루
태곳적부터 지구를 지켜본
화석나무라고

봄볕에 연초록 푸른 가슴으로 피어나
쉴 틈 없이 바람 불러
동네 사람 희로애락 다 들어주더니
어느새 파란 눈 내려놓고

가을 깊어 노란 잎새
땅 바닥에 떨구어
소복이 제 발등 위에 끌어 모으며
겨울 채비를 서둔다.

# 꿈속 바다 여행

눈을 감으면
바다로 여행을 떠난다

쪽빛바다
한가로이 갈매기 날으고
잔잔한 물위엔 조각배
나뭇잎처럼 흐르고
고기떼 오수를 즐긴다

심술궂은 바람
사정없이 검은 구름 데려와
부서질 듯 솟구치는 파도는
금세 바다를 삼킨다

무서워 눈감은 바다
아침햇살에 눈을 뜨며
육지로 육지로 밀려든다

바다를 찾은 사람들
물오른 횟감에

세월타령 술에 취해
술잔에 바다를 채워 마신다

눈을 감으면
바다로 여행을 떠난다.

# 4

# 시랑산 박달재

# 속리산 가을풍경

빨간 단풍, 노란 단풍
맑은 계곡물 따라
고사리 손 마주잡고
맑은 햇살에
반짝이며 다가온다

등산객 발길에
등 떠밀려 오르는 산행길
살아가는 이야기
웃음꽃이 가득하고

문장대 오르는
길목이 정체되어
옆 봉우리에서 바라보며
성취감 만끽하고
각자 준비한 보따리 펼쳐놓으니
산해진미 진수성찬이라
행복한 포만감 형형할 수 없고

문장대를 배경으로 기념사진 촬영

산신령도 한자리에 섰네
주위에 펼쳐진 속리산 속살
자연의 섭리를 깨닫게 한다

가파르게 내리는
청정 계곡물에
발 담그니
머리까지 전해지는 짜릿한 전율에
피로가 말끔히 달아난다

몸을 추슬러 내려오는 길
막걸리 한 순배 들고나니
힘이 불끈 솟는다

산과의 대화가 너무 길어
법주사에 들리지 못하고
먼 발취에서 부처님 바라보며
소원성취 삼배를 올린다

기쁨과 행복 함께 나눈 속리산

다시 만날 날을 기약하며
아름다운 가을 풍경을 가슴에 담고
귀경 발길을 재촉한다.

# 문경새재

솔향기가 폐부 깊숙이 스며들어
쌓였던 체증을 떨쳐낸다

백두대간 조령산 마루를 넘는
문경새재

한강과 낙동강 유역을 잇는
영남 대로상의 가장 높고 험한 고개
사회, 문화, 경제, 국방상 요충지

새도 날아서는 넘기 힘든 고개
억새가 우거진 고개

임진왜란 후
주흘관, 조곡관, 조령관을 지어
국방의 요새로 삼던 곳

자연경관이 빼어나고
유서 깊은 유적과 설화민요에
과것길에 오른 선비도
원터에서 쉬어가고

경상도 관찰사 관인을 주고받던
교구 장터만 남아 있네

"산불됴심" 비 세월에 빛바랜 채 서 있고
일제 강점기
송진을 채취당한 늙은 소나무
허리춤에 깊은 상처 안고 있다

낙동강의 발원지
맑은 계곡물 소리에
새들도 날갯짓으로 합창하고
문경새재 아리랑
길손 쉬어가게 한다

제3관문 조령관을 시작으로
제2관문 조곡관
제1관문 주흘관으로 나오는 동안
조령산새에 취해
모두 시인이 되었다.

# 황금산 산행

봄꽃이 지고 신록이 짙어지는
후덥지근한 초여름 날씨
누런 금 캐었다던 황금산 산행
아직도 금굴 흔적 남아 있다

황금색 주상절리
기암괴석 절벽위로
해송들이 아슬아슬 발 딛고 서
서해 낙조에 취한 바다를 품고 있다

처얼썩 처얼썩 쏴아
수없이 부서지는 하얀 포말들
바다 한 가운데 이름 모를 돌섬 다녀오고
황금산사 사당
임경업 장군의 단아한 영정
저 멀리 푸른 바다만 바라보고

코끼리 바위 물 품어 황금산을 적시니
푸른 숲 시원한 바람
정겨운 이야기꽃으로 가득하고

서산에 꼭꼭 숨겨진 서해안의 비경
해안 절벽 따라 걷는 산행길
코끼리 바위가 있어 한결 정겹다.

# 소금산 산행

기암절벽 흘러내린 물줄기
삼선천에 모여들어
섬강과 만나 남한강으로 흐른다

하얀 백사장
에메랄드 물빛
강태공이 세월을 낚는다

간현 유원지로 오르는
소금산 산행
속살이 참 예쁘다

목계단을 따라 한발 두발 오르다보니
소금산 정상 푯말 343미터
하늘과 맞닿아 있다

산장 쉼터에 앉아
낯선 이들과 인사 나누고
막걸리 한잔에 목을 축인다

바위틈 사이 아슬아슬 발 뻗은 소나무
온갖 풍상에 구불구불
세월을 품고 섰다

멀리 낙타 등 같은
간현봉이 보이고
중앙선 철교가 삼선천을 가로지른다

소금산 들머리 404철계단
오르고 내리는 등산객
오금이 후덜덜 하다

철계단을 내려와
잠시 쉼을 하자니
시원한 바람이 온몸을 훑고 지나간다

삼선천을 따라
폐 중앙선 철길을 점령한
칡꽃, 달맞이꽃과 함께 걷는다

오늘은
사람들과의 만남에 의미를 두었던
소풍 같은 산행이었다.

# 오대산 노인봉 산행

진고개마루 노인봉 산행길
화전밭 일구던 농부는 간데없고
갈바람에 무성한 잡초만 술렁인다

도란도란 옮기는 발길마다
층층이 내려앉은 단풍
함박웃음 손 흔들어 반기고

정상 능선 따라 군락을 이룬 자작나무
온갖 풍상 견디지 못해
하얀 옷고름 풀고 있다

줄지어 늘어선 등산객
노인의 하얀 머리를 닮은
노인봉을 기어오른다

노인봉 정상 해발 1,338미터
서쪽으로 등대산이 우뚝 솟아있고
동남쪽으로 황병산이 바라다 보인다

북동쪽 능선 끝으로 백마봉과
중앙으로 어럼풋이
강릉 일대가 들어오고 바다가 펼쳐진다

노인봉 푯말을 배경으로
모두모두 사진작가가 되어
추억 만들기가 한창이다

넓게 펼쳐진 형형색색 단풍물결
저 멀리 선재령
풍차가 눈에 들어온다

지난겨울
백설에 뒤덮인 저곳을 오르던
추억이 새록새록 하다

단풍 향기를 가득 실은 바람
볼을 스치고 지나 갈 때마다
자연의 축복에 근심걱정 모두 내려놓는다

하산 길에 옹기종기 자리 잡고 앉아
진한 풀 내음 얹어먹는 점심
건강이 입안 가득하다

서로 나누는 커피 향기
웃음가득, 행복가득
세상 부러울 게 없다

굽이굽이 내리는 길
쏟아지는 가을햇살에 곱게 물든 단풍
우리내 마음도
너를 닮았으면 좋겠다.

# 함백산

살아 천년
죽어 천년
주목 늘어선 정상
황소바람 불어
몸조차 가누기 힘든다

제3쉼터로 내리는 길목
오백년 세월을 품어
상처로 얼룩진
주목그늘에 앉아
덧없는 세월을 안아본다

백두대간 여섯 번째 고봉
눈, 비, 바람에
시퍼렇게 멍이 들었네

만항재로 이어지는 등산로
하늘 높은 나무 밑
야생화 군락지
쪽빛햇살에 반짝인다

나도 옥잠화, 얼레지
하늘나리, 은방울꽃……

함백산 화원에 취해
떠날 줄 모른다.

# 겨울산행

눈 덮인 겨울산
멀리 솟아난 큰 산들도
백설을 뒤집어썼다
크고 작은 나무들
축제처럼 흰 눈꽃잔치 펼친다
이 아름다운 산길
꽃발을 하고 조심스레 걷는다
하얀 입김이 솔솔 새어나고
송골송골 땀방울이 이마에 흐르면
붉은 노을이
백설에 부딪쳐
찬란하게 빛난다
자연의 숨결을 느낄 수 있는
겨울산행
온몸을 깨우는 원동력이 되어 준다.

# 산山

山이고 싶다

삭막한 사내의 가슴을
활짝 열고
오르고 싶다

쓰러지며 일어서며
소리치는
저 초목들의
뜨거운 피가 되고 싶다

하늘 높은 山이여

그립고 그리운 이름 따라
솟아오른
山이고 싶다.

# 금수산

청아한 계곡물
새들도 흥겨워 노래하는
정방사 가는 길
연초록의 새잎들이
바람에 살랑인다

가파른 산등을 기어올라
정방사 앞뜰에 서니
청평 호수 내려다보이는
명당 중 명당이로다

수직 바위 등에 업고
내려앉은 대웅전 부처님도
청평 호수 물안개에
현기증을 느끼는 듯하다

바위틈으로 솟아나는
천년약수 생명을 더하니
만만 년 살 것 같이
폐부 깊숙이 파고든다

정방사 뒤로 오르는 금수산 산행
꼬리진달래 입 다문 채
봉긋한 꽃망울 품어
신선봉 따뜻한 바람 기다린다

울퉁불퉁 칼날 바위 등을 기어
조심조심 넘고 넘어
신선봉, 조가리봉 갈림길
시간을 다투어 신선봉은 다음을 기약하고
조가리봉으로 발길 옮긴다

이마를 적시던 새벽 비는 어디로 갔는지
파란 하늘에 꽃들만 화사하고
바위틈에 발 내린 작은 소나무
아슬아슬 세월을 딛고 섰다

이 높은 조가리봉 산중에
뉘 조상의 묘인가
산소에 술잔 올리고
바람 잔잔한 제절에 모여 앉아
산해진미 진수성찬 차려

산 내음 바람 섞어 먹는다

봄바람 산새소리에
파란 하늘 아래로
내려다보이는 산봉우리들
연초록 향연에 눈이 부시다

되돌아 내려가는 길
층층이 다가오는 산마루
제각각 사연 담아
색깔, 모양이 다르다

정방사 약수에 한 번 더 목축이고
내리막길을 달음질하여
감자전에 탁주 한 사발하고
청평 호수 신작로를 따라 펼쳐지는
자연 만끽 드라이브

벚꽃은 활짝 피지 않았어도
우리의 웃음꽃은 활짝 피어
인생 향기가 차안 가득하다.

# 시랑산 박달재

억새 휘어 누운 자리
슬픈 달은 밤이슬
눈물로 쏟아내고

박달도령, 금봉낭자 잠 못 들어
영혼의 그림자 떠도는
박달령 고갯마루

한 서린 한숨 바람소리 잦아드니
님이 향한 피안彼岸의 세계에서
영생불멸永生不滅하시옵고

새로 찾아온 선남선녀
천년의 사랑
행복한 꿈 이루게 하소서

# 호명산 산행

후덥지근한 초여름
숨죽여 걷기 시작한
호명산 산행길

하천 징검다리 건너
약수터로 오르는 시작부터
턱까지 차오르는 숨을 헐떡이며

약수 쉼터에 도착
물 한 모금 마시니
천지가 파랗다

서로 부둥켜안고
살랑대는 나무숲 사이로
내려다보이는 풍경이
한 폭의 수채화라

한 걸음 한 걸음 옮길 때마다
땀방울 발등을 찍는데
평탄한길, 내리막길 없는

스무 살 청년 같은 산

호랑이 울음소리
지금도 들릴 듯
기세가 등등하건만
우리가 점령하고 말았네

호명산 정상 632.4미터
계곡 타고 올라온 바람
이마에 맺힌 땀방울
흩고 지나간다

기차봉으로 내리는 길
솔향기 파고들어
가슴은 상쾌하고

무슨 사연이 그리도 많은지
나뭇잎 조잘조잘 지칠 줄 모르고
산새들 멋들어진 노래에
발길 가볍다

얼마쯤 내려왔을까
호명호수가 눈에 들어온다
발전을 위해 인위적으로 만든
인공호수 둘레길 따라
올망졸망 꽃들이 예쁘게 피어
하늘하늘 꽃잎을 반짝이며
수줍게 웃어 반긴다.

호명호수를 뒤로 하고
신작로를 따라 걸으니
바싹 마른 아카시아 꽃잎 쌓여
발길을 옮길 때마다
바스락 바스락 소리
꽃향기 코끝을 간질인다

길가 단풍나무
꽃씨방 매달아
햇볕에 반짝이며
오순도순 벗이 되어 준다

호랑이가 나타날 것만 같은
호명산을 내려와
계곡물에 발 담그고
시원한 맥주 한 잔에
피곤함을 잊는다

우리네 인생도
자연의 섭리에 순응하며
아름답게 가꾸어
행복한 삶이 되었으면 좋겠다.

# 햇살로 꿈꾸는 초록 세상

## 黃松文(詩人·선문대 명예교수)

현대인은 식물성 정신의 춘궁기에 배고파한다. 식물성 정신은 초록의 정신이다. 초록의 정신은 농경사회의 터전에 산업사회가 팽배하면서 오가리 병이 들기 시작하였다.

이필정 시인은 오가리 든 식물성 정신, 초록의 정서를 회복하고자 투명한 마음으로 시를 직조해 낸다. 병든 생태계의 회복이라든지, 불안과 공포와 전율로 다가오는 파괴된 대자연의 회복은 인간성 회복으로 귀착된다.

식물성 정신을 찾아 세우기 위해서 나무를 게걸스럽게 우적우적 씹어 삼키는 '나무의 풀코스'라는 상상력으로 시를 쓴다고 해서 해결될 문제가 아니다. 그런 표현은 시어의 품위를 잃게 하고 독자에게 혐오감만 줄 따름이다. 식물성 정신이 요구하는 나무의 생령 요소들을 섭취하되 품위 있고 아름답게 표현해야 한다.

농경사회의 환경들, 가령 장독대와 그 주변의 화단을 다시 만들 수는 없다. 그 자리에 공장과 아파트가 들어섰는데 어떻게 그 자리에 화단을 꾸미겠는가. 그러나 공장의 옥상이나 아파트 베란다에 화분을 보낼 수는 있다. 이것이 순수와 참여가 조화를 꾀해야 할 식물성 정신이요 초록의 정신이다.

　　"사랑은 가장 달고 가장 쓴 것"이라는 말이 있는가 하면, "사랑은 욕망이라는 강에 사는 악어"라는 말도 있다. 사랑에 도취해 있는 동안에는 마치 햇빛에 굴절하는 프리즘을 보는 것과도 같기 때문에 착각에 빠질 수도 있다. 시인의 창작 행위는 이 착각의 순간에 창조적 상상력을 통해서 이루어지게 된다. 우선 이필정 시인의 시「영원한 사랑」을 살펴보면서 이야기를 깊여가고자 한다.

> 천년이
> 흐른 뒤에도
> 뗄 수 없는 우리 사랑
> 　　　−「영원한 사랑」 중 끝부분−

　　이 시는 '절대사랑'을 희구하고 있다. 일반 사회에서 인간은 절대자 신이 아닌 피조물이기 때문에 절대사랑은 불가능하도록 숙명적으로 주어진 존재라 하겠다. 절대사랑 절대행복은 인류가 바라는 희망사항에 속한다. 물론 종교에서는 신의 경지에 이르는 절대사랑을 추구한다.

　　그러나 이 시집에 한정된 시편을 볼 것 같으면, 그런 한

계를 벗어날 수 없다. 오죽했으면 톨스토이는 "사람들은 사랑에 의하여 살고 있다. 그러나 자기에 대한 사랑은 죽음의 시초이며, 신과 만인에 대한 사랑은 삶의 시초이다"라고 역설했겠는가.

> 그리움 넘쳐
> 고이 고이
> 가슴앓이 삭히고 삭혀
> 당신을 사랑하다가
> 세월을 가슴에 품고
> 병이 되었다 말하렵니다.
> ─「당신을 향한 사랑」 중 3연─

스베덴보리는 "사랑의 본질은 정신의 불"이라고 했다. '정신의 불'이란 산불처럼 무섭게 타오르기 마련이기 때문에, 사랑은 악마이며, 불이며, 천국이며, 지옥이라고 말하기도 한다. 이 시에서는 당신께 향하는 사랑이 그리움이 되고, 병이 되었다고 한다. 그의 소박한 사랑도 외곬으로 흐르기 때문에 감당하기 어려워 병이 된 것이다.

그런데 시는 고도한 표현의 전략전술을 요한다. 김소월이 왜 눈물을 흘리기보다는 "죽어도 아니 눈물 흘리오리다"라고 했겠는가. 반어적인 효과를 기대했기 때문이리라.

> 겨울잠 자는 나목 사이로
> 그리움만 남긴 채 떠나가셨습니다.
> ······ 생략 ······

흙을 일구는 재주밖에 없어 손을 놓고
해맑은 가슴속 텅 비워둔 채
작은 몸짓으로 고통을 뛰어 넘으셨고
추억만을 되씹는 어리석음은
당신의 빛을 펼치지도 못한 채
황량한 벌판에서 맴돌고 있습니다.
　　　　　　　－「사모곡」 중 일부－

　어머니에게 향하는 그리움을 내비친 시다. 연인이건 어머니건 누구를 막론하고 만나면 헤어지게 되어 있다. 그래서 만남과 헤어짐, 빛과 그림자처럼 사랑과 고뇌도 수시로 나타난다. 사랑의 고뇌처럼 달콤한 것은 없고, 사랑의 슬픔처럼 즐거운 것은 없으며, 사랑의 괴로움처럼 기쁨은 없고, 사랑에 죽는 것처럼 행복은 없다고 하지 않는가.
　그의 어머니에 향하는 「사모곡」은 어머니를 겨울 나목으로 비유하여 이별의 슬픔을 토로하고 있다.

창밖에는 노을이 지고
땅거미가 밀려옵니다.

한 잔 두 잔
당신을 그리며 마신 술이

어느덧
커다란 눈물의 강이 되어
가슴으로 밀려옵니다.
　　　　　　　－「이별」 중 후반부－

날이 저무는 분위기의 시간성과 노을이라는 시각적 색채의식의 공간성이 '이별'이라는 제재를 돕고 있다. '노을'과 '땅거미'가 지니는 정서적 낭만성과 하향곡선을 그리는 소침消沈의 심리가 연거푸 마시는 술로 이어지다가 눈물의 강으로 전이되고 확대되어 범람하게 된다. 이는 자연스런 표현에 해당된다.

배 깔고 엎드려 손 마주잡은
산등성과 골짜기 병풍으로 펼쳐
잔잔한 미소로 소곤대는 산기슭

산위로 치켜 오르는 바람에
나뭇잎 속살 드러내고
숨겨둔 세상 이야기 허공에 띄워도

삭정이 정성껏 엮은 까치집 하나
상량식을 잘했는지
거센 바람에도 끄떡없다.

구름만 헤아려
인간사도 헤아리려
슬픈 일은 접어두고
　　　　　　　　－「흔들리는 갈대」 중 일부－

산이 의인화되고 있다. 산도 보통 산이 아니라 능선과 골짜기가 마주 잡은 산이다. 이것은 청춘남녀의 상열지사相悅之事 상애지사相愛之事 몸짓을 의미한다. 이는 이 시인의 심층심리 저변에 어떤 대상과 재회하여 시공時空을 함께 하고자 하는 희망공간이 자리하고 있음을 엿볼 수 있다. 이 시를 읽는 독자는 이를 눈치 채어야 한다.

시의 진수(진의)를 눈치 채게 되면 "나뭇잎 속살 드러내고"와 "숨겨둔 세상 이야기"가 무엇을 의미하는지 감상과 이해가 빠를 것으로 여겨진다.

이 시에서는 까치의 건축공법이 완벽하다고 표현되어 있다. '흔들리는 갈대'와 삭정이로 만든 까치집이지만 거센 바람에도 끄떡없다고 말하면서도 "구름만 헤아려 / 인간사도 헤아려 / 슬픈 일은 접어두고"까지는 마치 원양어선처럼 그물을 크게 펼쳐나가는 듯한 모양새에 기대했는데, 매듭을 제대로 지어야 할 결말 부분에서 길을 잃게 되었다. 그 점이 아쉬움으로 남는다.

결말의 오리무중은 주제의 빈곤이라든지 철학의 빈곤을 의미한다. 언어의 그물을 너무 넓게 쳐서 감당하기 힘들기 때문에 자가의 능력껏 감당할만한 주제를 설정해야 한다. 시인이 자기 능력에 맞는 주제를 설정하지 않으면 언어군言語群의 그물이 너무 광범위하여 끌어올리지 못하게 된다.

행복을 추구하는 시인은 아름다움을 우선적으로 희구한다. 이필정 시인이 추구하는 '아름다운 세상'이란 어떤 세상인가. 그는 행복한 향기로 가득한 세상이라고 믿는다. 그런데 그러한 시간과 공간이 연속적으로 이어질 수 있을까. 이는 시의 세계나 예술의 세계, 종교의 관념세계에서는 가능할지 몰라도 현실적으로는 불가능한 세계라 하지 않을 수 없다.

시의 언어에서만 가능한 세계가 현실적으로 불가능한 여기에 이상과 현실의 간격이 있다. 이것은 어쩔 수 없는 인간의 숙명이기도 하다.

> 달빛과
> 햇살이 빗겨 내린
> 세월의 풍경화는
> 바람의 그림자 덮고
> 행복 꽃을 피운다.
>
> 억 겁의 꿈길에
> 라일락 향기 풍기는
> 길 위에서의 삶은
> 인간의 지성소(至聖所) 아니런가.
> ─「아름다운 세상」 중 후반부─

절대행복, 절대사랑을 추구하는 이필정 시인은 아름다움을 자연에서 찾고자 한다. 이 시인이 창작과정에서 인식하건 인식하지 않건 간에 자연과의 친화는 결국 창조주 신과의 친화 또는 교감을 의미한다. 자연은 신의 속성이기 때문이다. 태초에 신이 창조한 자연은 신의 속성이 내재해 있기 마련이다. 그래서 자연을 접하게 되면 기분이 상쾌해지게 된다.

여기에 소개한 「아름다운 세상」에는 '지성소'가 나오는데, 왜 뜬금없이 지성소인가? 이는 이 시인이 절대행복, 절대사랑, 절대미의 세계를 희구하기 때문이다. 이 세상에 절대행복 절대사랑이 가능한가 불가능한가 하는 것은 중요하지 않다.

시는 본래부터 실용적 언어가 아니기 때문이다. 시인은 시를 통해서 사실 이상의 세계, 현실 이상의 세계를 추구한다.

이필정 시인은 라일락 향기 풍기는 이 세상이 인간의 지성소가 아니겠느냐고 피력했는데, 지성소란 신이 거하는 가장 신성한 곳을 말한다. 이처럼 절대행복, 절대사랑, 절대미의 세계를 추구하다 보면 좌절할 수 있는 위험요소도 있을 수 있겠는데, 현대인은 앞날을 예측할 수 없는 불확실성의 시대의 불안과 공포에 전율하고 있다. 그런데 이 시인은 이러한 상황에서 다행스럽게도 소박한 꿈을 지니고 있음을 알 수 있다.

풀잎에 맺힌 이슬이
햇살을 받아 반짝이면
내 작은 가슴에도
더욱 진한 영롱함이 똬리를 튼다.
―「작은 행복」 중 1연―

여기에서는 '풀잎'과 '이슬'이라는 작은 사물이 '햇살'과 관계하게 될 때 영롱한 빛을 발하게 된다는 소박한 꿈

을 발견하게 된다. 그가 즐겨 다루는 '풀잎'이나 '이슬'이
나 '햇살' 등의 사물들은 결국 인간의 이야기로 귀결된다
는 점에서 이 시인은 휴먼 로맨티시스트라 하겠다.

가까운 사람과 따뜻한
차 한 잔 마주 놓고
무연한 정담을 나눌 때
서로를 오가는 다향(茶香)의
향기가 물씬 묻어나
삶의 의미를 깊게 한다.
　　　　　　−「인생 향기」 중 3연−

마음이 맑은 사람이 되어야
하늘의 축복 받으리
이 작은 이슬처럼……
　　　　　　−「맑은 마음」 중 마지막 연−


　앞의 시에서는 '인생 향기'라는 말이 있다면, 뒤의 시에
는 '마음이 맑은 사람'이 있다. '인생 향기'나 '마음이 맑
은 사람'이나 같은 류에 속한다. 마음이 맑으면 말이 맑고
말이 맑으면 글 또한 맑게 된다. 이 시인이 소박한 정서로
이러한 시를 직조해 낼 수 있는 것은 맑은 마음의 소유자이
기 때문이다. 그리고 시를 사랑하는 시인이기 때문이다.
　맑은 물은 특별한 그릇을 갖추지 않고도 애호를 받는
까닭은 갈증에서 해갈할 수 있게 하기 때문이다. 그러나
여기에 만족해한다거나 안일한 태도에 머물러서는 안 된

다. 시작품의 내용 못지않게 형식 또한 중요하기 때문에 표현을 위한 구체적 형상화에 있어서 긴장의 끈을 놓쳐서는 안 될 것이다.

이필정 시인은 기교 이전에 인생의 향기, 향기 나는 인생에 관심한 나머지 '마음이 맑은 사람'이 되고자 했기 때문에 시인으로서 자세를 유지하게 된 셈이다. 맑은 약수는 특별한 그릇이 아닌 바가지로 떠 마셔도 시원한 맛을 즐길 수 있듯이 마음이 맑은 사람의 시는 특별한 기교를 부리지 않아도 읽혀지게 된다.

그러나 시는 문예 장르 중에서도 가장 고도한 시어 표현으로서의 직조를 요하는 장르이기 때문에 표현에 소홀히 해서는 안 된다. 단적으로 말해서 표현하지 않으면 시가 될 수 없다고 하는 신념으로 스스로 엄격해야 한다. 자기 스스로 엄격하고 남에게 관용을 베푸는 자세가 요구되는 소이가 바로 여기에 있다.

파도를 둘러치고 섬 하나 살고 있다
물 담을 쌓았다 허물었다
하루에도 수십 번 울고 웃는다

앙가슴 쥐어짜는 손
허공만 쥐고 흔든다
은빛 물결 일렁이면 가슴 가다듬고

바람이 머물다 간 그물로 집지었다
빗장 풀린 사립문에 쌓여가는 세월

갈매기만 넘나든다.

−「소매물도」 중 전반부−

앞에서 표현을 위한 기교에 대해서 강조했었는데, 바로 표현을 위한 기교가 있는 시를 여기에서 보게 되었다. 기교의 측면에서는 시의 전반부가 승했다. '소매물도'라는 섬의 주위에는 마치 병풍처럼 파도를 둘러치고 섬이 산다는 발상이 기발한 시적 요소를 지녔다. 그런데 그 기발한 시적 요소가 뒤로 가면서 힘을 잃고 있다. 이는 끝까지 밀고 가야 할 주제의 힘이 미약하기 때문이다.

"파도를 둘러치고 섬 하나 살고 있다"고 대단한 발상의 주제의식으로 출발하여 기대를 갖게 했었는데, 뒤로 가면서 받쳐주지 못한 채 풀어지고 있다. 결말에 가서는 새로운 제재를 보여주어야 하겠는데, "뱃고동 소리만 바다를 깨우다"는 정도로 머물게 되었다. 달리기에서는 마지막 주자가 매듭을 잘 지어야 성공하는 이치와도 같다 하겠다.

산 초록, 물 초록
세상의 빛깔은 초록이다
초록빛깔에 시원해지고
웃음이 핀다
식물의 새 생명도
초록의 빛깔로 피어나
초록 손으로 키운다

봉오리 맺는 초록 빛깔

숲속을 지키는
빛이 되고 구름이 되고 비가 되어
물 흐름이 된다

초록이 아니면 세상은
온통 암흑이 되고
숨결이 없어진다

―「초록 빛깔」 중 중간 2, 3, 4연―

　여기에서는 초록은 생명의 빛깔로 강조되고 있다. 이
시는 투철한 주제의식에 의해서 시로서의 가치가 인정되
면서도 상식선을 벗어난다거나 초월하지 못한 게 아쉬움
으로 남는 부분이다.

　이 시는 마지막 4, 5연을 가지치기한다면 은반지를 지나
서 금반지가 될 수 있는 작품이다. 산모는 아기를 애지중
지할지언정 함부로 하기가 어렵다. 흔히 쓰는 말로 퇴고에
게을러서는 안 된다. 조탁彫琢이라는 말도 있고, 탁마琢磨라
는 말도 있다. 상식선의 글을 과감히 청산하기 위하여 가
지치기를 제대로 하게 될 때 시작품은 야대夜臺나 식기, 화
분을 지나서 고려청자도 되고 조선백자도 될 수 있다.

하늘은 세상을 품고
호수는 하늘을 담았다.

호수에 하늘이 잠기고
흰 구름이 스쳐지나간다.

바람이 살짝 눈을 흘기면
호수는 잠시 시름에 잠겨도
무심히 장난치는 어린 고기 떼들의
여유로움으로 평화를 되찾는데

오리 떼 휘저어 지나가면
푸른 꿈 깨울라
근심하는 늙은 미루나무
호수에 발 담그고
온종일 지키고 서있다.

　　　　　　　－「하늘 담은 호수」 전문－

　이 시는 주제의식이 결말에도 여실히 나타내면서 매듭
이 제대로 지어지고 있다. 작은 호수가 넓은 하늘을 담고
있다거나 오리 떼들이 휘젓고 지나면서 호수를 어지럽힐
까 저어하여 "푸른 꿈 깨울라 / 근심하는 늙은 미루나무 /
호수에 발 담그고 / 온종일 지키고 서있다"는 결말에서 이
시인은 꺾여진 갈대도 마저 꺾지 않는다는 예수의 동심
시심과 궤를 같이하고 있어서 앞으로 저력 있는 주제라든
지, 표현을 위한 기교 향상에 진력한다면 더욱 좋은 시를
쓸 수 있을 것으로 여겨진다.

봄볕에 연초록 푸른 가슴으로 피어나
쉴 틈 없이 바람 불러
동네 사람 희로애락 다 들어주더니
어느새 파란 눈 내려놓고

가을 깊어 노란 잎새
땅 바닥에 떨구어
소복이 제 발등 위에 끌어 모으며
겨울 채비를 서둔다.
　　　　　－「느티나무」 중 2, 3연－

　여기에서는 느티나무가 정자로 화석나무로 동일시되고 있다. 500년이라는 수령樹齡이 의미하는 느낌은 우러러보아야 하는 경외감이다. 아무리 늙었어도 봄마다 연초록 가슴으로 피어나는 게 부럽고, 마을 사람들에게 그늘을 드리워주고 온갖 이야기를 들어주는 그 폭넓은 아량이 부러운 것이다.

　인간도 보이지 않는 마음은 보이는 몸을 통해서 알 수 있듯이, 평자는 시인의 시작품을 통해서 작자의 내면세계를 탐색하게 된다. 이제까지 이필정 시인의 시작품을 통해서 그의 시세계를 살펴보았다. 그의 시세계를 단적으로 요약하면 "햇살로 꿈꾸는 초록 세상"으로 요약할 수 있겠다.

　이 시인에게 있어서 '햇살'과 '꿈' 그리고 '초록'은 대표적인 사물이 된다. 그의 시 「작은 행복」에서는 "새하얀 햇빛"이, 「맑은 마음」에서는 '햇빛'과 "마음이 맑은 사람", 「초록 빛깔」에서는 '초록'이 9회, 제목까지 포함하면 10회나 나온다. 한편의 시에 '초록'이라는 하나의 낱말이 10회나 대두된다는 얘기는 이 시인의 내면세계가 '초록'으로 차있다는 얘기가 된다.

　그리고 다른 한편으로는 언어의 비경제로써 긴축을 요

한다는 얘기가 된다. 언어의 경제적인 측면에서 본다면, 제목에 '초록'이라는 낱말이 있을 경우에는 본문에서는 되도록 그 낱말을 사용하지 않을수록 유리하다. 그 언어는 경제적이기 때문이다. '구조조정'이나 '긴축정책'이라는 말을 떠올리면 여기에서 전개하는 '언어경제'의 뜻을 수월하게 이해하게 될 것으로 여긴다.

우리들의 농경사회는 원래 '초록 세상'이었다. 그러다가 농촌은 도시의 끝이 되고, 산업화가 전개되는 동안에 생활환경의 변천에 따라서 식물성 정신이 산성화되어가고, 동물성이나 광물성으로 변개되어 가게 되었다. 우리들의 의식 내부에는 식물성 초록의 부족으로 숨이 막히고 허덕이게 되었다. 그리하여 우리들에게 희박한 '초록'을 마치 고산지대에서 산소를 갈구하는 등산광처럼 그렇게 갈구하게 되었다.

이필정 시인은 맑고 따뜻한 마음에 햇살이 들기를 바란다. 이 소박한 소망에서 행복을 꿈꾼다. 그가 꿈꾸는 희망 공간은 초록세상이다. 그러므로 이 글을 축약하면 "햇살을 꿈꾸는 초록 세상"이 된다. 앞으로 더욱 진지하면서도 진중한 주제의 저력을 기르고, 표현을 위한 기교에 특별한 관심을 기울인다면 한결 좋은 시를 쓰게 될 것을 믿어 의심치 않는다. 그의 심저心底 암반巖盤에서 샘솟는 언어가 따뜻하고 투명하기 때문이다.

이필정 시인은 이번에 여섯 번째 시집을 상재한다. 시집의 제호는 『강물이고 싶다』로 되어 있다. 수심강정水深江

靜이라는 말이 떠오르게 하는 제호다. 물이 깊은 강은 고요하다는 의미가 여기에 궤를 같이하기 때문이다. 이필정 시인에게 이 '수심강정'을 선물 겸 숙제로 드리고자 한다. 물이 깊은 강은 고요하다고 했으니 바로 그의 시가 그런 강물의 경지에 이르기를 바란다.

다만, 나 보기에는 이필정 시인이 무소유 무집착으로 가기에는 아직 이른 것 같다. 고요한 강물이고 싶은 그 수심강정의 시를 살려내기 위해서는 성경, 불경, 도덕경, 논어 등의 경서와 칸트, 헤겔, 키엘케고르, 바슐라르 등이 써낸 철학서, 그리고 역사서 등을 통독해 가면서 진입하는 게 바람직할 것으로 여겨진다.

시를 사랑하는 이필정 시인이 추구하는 시세계는 선풍仙風일 수도 있고 선풍禪風일 수도 있기 때문에 더욱 그렇다. 내가 평소에 즐겨 하는 말, 시를 진정으로 사랑하는 사람만이 좋은 시를 쓸 수 있다는 말의 주인을 만난 것 같아 안심이 된다. 시를 통해서 예술성이 영원성을 담보한다는 말이 꽃으로 솟기를 바란다.

# 강물이고 싶다

초판1쇄 인쇄일 · 2013년 8월 30일
초판1쇄 발행일 · 2013년 9월 10일

지은이 ㅣ 이필정
펴낸이 ㅣ 서영애
펴낸곳 ㅣ 대양미디어

출판등록 2004년 11월 제 2-4058호
100-015 서울시 중구 충무로5가 8-5 삼인빌딩 303호
전화 ㅣ 2276-0078
팩스 ㅣ 2267-7888

ISBN 978-89-92290-64-7 03810
값 10,000원

＊지은이와 협의에 의해 인지는 생략합니다.
＊잘못된 책은 교환해 드립니다.

이 도서의 국립중앙도서관 출판시도서목록(CIP)은 서지정보유통지원시스템 홈페이지
(http://seoji.nl.go.kr)와 국가자료공동목록시스템(http://www.nl.go.kr/kolisnet)에서
이용하실 수 있습니다.(CIP제어번호 : CIP2013016676)